Ettevi La Libélula

Ettevi The Dragonfly

Escrito por Marlyn I. Rivera Navedo

Ilustrado y traducido por Adriana W. Serrano Rivera

ISBN: 9798803329855

Impreso en Puerto Rico octubre 2021.

Escrito por Marlyn I. Rivera Navedo.

Ilustrado y traducido por Adriana W. Serrano Rivera.

A mi amada hija Adriana, por ser mi mejor amiga.

To my beloved daughter Adriana, for being my best friend.

Ettevi es una amigable e inofensiva libélula. A nuestra pequeña amiga le gusta volar sobre lagos, charcas, ríos y pantanos.

Un día, se encontró con una elegante mariposa. Esta, muy coqueta volaba entre la vegetación, haciendo piruetas y batiendo sus alas de atractivos colores. Ettevi la saludó:

– "¡Hola Mariposa Iris! ¿Cómo estás?"

Ettevi is a friendly and inoffensive dragonfly. Our little friend likes to fly over lakes, puddles, rivers, and swamps.

One day, she encountered an elegant butterfly. The coy insect flew between the vegetation, making pirouettes in the air and batting her wings with their attractive colors. Ettevi greeted her:

"Hello, Butterfly Iris! How are you?"

La Mariposa Iris se posó sobre una flor. Observó a Ettevi por unos segundos y contestó:

– "Estoy feliz y me siento hermosa. Soy una especie admirada por la belleza de mis alas. Ayudo transportando el polen de flor en flor. Y tú, ¿qué haces?"

Butterfly Iris landed on a flower. She gazed at Ettevi for a few seconds and answered:

"I am happy and feel very beautiful. I am a species admired for the beauty of my wings. I help pollinate the flowers. And what do you do?"

Ettevi contestó, – "¡Me encanta volar entre lagos, charcas y ríos! ¡Ah, y también sobre pantanos!"

La mariposa comenzó a reír y dijo: – "No ayudas en la naturaleza. Ni siquiera tienes alas de colores atractivos." Y con eso, Mariposa Iris se fue volando de flor en flor.

Ettevi la observó alejarse mientras pensaba…

Ettevi answered, "I love flying over lakes, puddles, and rivers! Oh, and over swamps too!" The butterfly began to laugh and said: "You don't help Mother Nature. You don't even have vibrant and colorful wings." And with that, Butterfly Iris flew away from flower to flower.

Ettevi stood there lost in thought as she watched her fly away…

En ese momento, se acerca volando la Abeja Beli. Esta recolecta el polen de las flores.

– "¡Hola Abeja Beli! ¿Cómo estás?"

Beli se posó sobre una flor. Miró a Ettevi por un momento y le contestó:

– "Estoy trabajando, recogiendo el polen de todas las flores para llevarlo a mi colmena y producir miel. Gracias a eso y al trabajo de las mariposas, Iris y yo ayudamos en la polinización. Y tú, ¿qué haces?"

In that moment, Beli the Bee flew near the area. She was collecting pollen from the flowers.

"Hello, Beli Bee! How are you?"

Beli rested on top of a flower. She stared at Ettevi for a moment and answered:

"I am working. Right now, I am collecting pollen from all these flowers so I can take it back to my hive and produce honey. Thanks to this and the butterflies work, Iris and I help pollinate the earth. And what do you do?"

Ettevi contestó, – "¡Me encanta volar entre lagos, charcas, ríos y pantanos!"

Beli le respondió, – "¿No haces nada más? Pobrecita." Después de eso, se alejó buscando

otras flores para polinizar y llevar a su colmena.

Ettevi se quedó pensando. *'¿Solo puedo volar entre ríos, charcas, y otros cuerpos de*

agua?'

Ettevi answered, "I love to fly over lakes, puddles, rivers, and swamps!"

Beli replied, "You don't do anything else? Poor thing" After that, she flew away to look

for more flowers to pollinate and bring to her hive.

Ettevi was left by herself once more. *'Is flying over rivers, puddles, and other water*

sources all I can do?' she thought.

Con sus enormes ojos observó a la Hormiga Gina dentro de un hormiguero. Rápidamente voló hacia la entrada y la saludó. – "¡Hola, Hormiga Gina! ¿Cómo estás?"

Hormiga Gina estaba muy ocupada. Se detuvo, miró a Ettevi y le dijo:

– "Estoy recogiendo alimento para nuestra reina. Además, ayudamos a controlar plagas y dispersamos semillas. Pregunto, ¿qué haces?"

With her large eyes she spotted Ant Gina inside an anthill. She quickly flew to the entrance and greeted her. "Hello, Ant Gina! How are you doing?"

Ant Gina was very busy. She stopped, looked over to Ettevi and answered her:

"I am collecting food for our queen. We also help contain plagues and spread seeds. What are you doing?"

Ettevi contestó, – "¡Me gusta volar entre charcas, lagos, ríos y pantanos!"

Sorprendida, Hormiga Gina salió del hormiguero y le preguntó, – "¿Eso es todo?" Y se alejó de la libélula para continuar su trabajo.

Muy triste, Ettevi pensaba, *'¿Solo sirvo para volar sobre cuerpos de agua?'*

Ettevi answered, "Well, I love flying over lakes, puddles, rivers, and swamps!"

Surprised, Ant Gina poked her head out of the entrance to the anthill and asked, "Is that all?" Before she stepped away from the dragonfly and continued her work.

Very upset, Ettevi thought, *'Am I really only good for flying over bodies of water?'*

Ettevi no sabía qué hacer, cuando observó a una linda mariquita. Se le acercó y preguntó,

– "¡Hola, Mariquita Marquis! ¿Qué haces?"

Mariquita Marquis se sorprendió y saludó a Ettevi.

– "Hola, Ettevi. Te ves triste. ¿Qué te pasa?"

Ettevi did not know what to do when she spotted a cute little ladybug. She flew closer to her and asked, "Hello, Ladybug Marquis! What are you doing?"

Marquis the Ladybug was surprised and greeted Ettevi.

"Hello, Ettevi. You look sad. What's wrong?"

Ettevi le contestó, – "Todas mis amigas hacen algo importante en el ecosistema. Yo vuelo sobre lagos, charcas, ríos y pantanos."

Mariquita Marquis le dice, – "No estés triste. ¡Eres muy valiosa!"

– "¿Soy valiosa?" dijo Ettevi muy sorprendida. – "Todo lo que hago es volar."

Ettevi answered her, "All of my friends have something important to do in the ecosystem and all I can do is fly over lakes, puddles, rivers, and swamps."

Ladybug Marquis looked at her for a moment and said, "Don't be sad. You are very valuable!"

"I'm valuable?" Ettevi asked, surprised. "But all I do is fly."

Marquis dulcemente le indicó. – "Amiga, sé que te alimentas de mosquitos."

– "¡Sí! ¡Es mi comida favorita!"

– "¡Exacto!", respondió Marquis, – "Muchos mosquitos son perjudiciales. Pueden causar enfermedades y las libélulas como tú ayudan a mantener un balance en el ecosistema."

Marquis sweetly shook her head. "I know you eat mosquitoes, my friend."

"Yes! They are my favorite food!"

"Exactly!" Marquis said, "Many mosquitoes are dangerous. They can spread diseases and dragonflies like you help keep a balance in the ecosystem."

– "¡Es cierto!", exclamó Ettevi, – "Soy útil como todas ustedes. Me siento muy importante. ¡Gracias, Marquis!"

Marquis se despidió descansando sobre una hoja.

Ettevi por fin comprendió cuán importante era su rol en el ecosistema. Ahora volaba más feliz que nunca.

"You're right!" Ettevi exclaimed, "I am useful like all of you. I feel very important. Thank you, Marquis!"

Marquis bid her farewell as she rested on a leaf.

Ettevi finally understood how important her role to the ecosystem was. Now she flew off happier than she had ever been.

Fin

The End

"Recuerda: eres importante y especial."

MIRN

"Remember: you are important and special."

MIRN

Marlyn I. Rivera Navedo nació en Santurce, Puerto Rico. Estudió pedagogía en la Universidad de Puerto Rico y la Universidad Interamericana. En el año 2009 completó una Maestría en Currículo del Caribbean University. Maestra y poeta, ha participado en el Festival del Cuento Puertorriqueño, Ferias Virtuales del Libro: Perú, España, Italia y Reino Unido. Perteneció AIPEH y PEN Puerto Rico Internacional.

Marlyn I. Rivera Navedo was born in Santurce, Puerto Rico. She studied teaching at the University of Puerto Rico and the Interamerican University. She completed her Master's Degree in Curriculum at Caribbean University in 2009. Teacher and poet, she has participated in the Festival del Cuento Puertorriqueño, Virtual Book Fairs: Peru, Spain, Italy, and United Kingdom. She was a member of AIPEH and PEN Puerto Rico International.

Adriana W. Serrano Rivera estudió en el sistema público de enseñanza, graduándose en el 2017 de la Escuela Especializada en Bellas Artes Pablo Casals, ubicada en el municipio de Bayamón. Se especializó en el área de Artes Visuales, alcanzando la distinción de Alto Honor. Es apasionada de la historia, la cultura y las Bellas Artes. Es una artista gráfica de vocación, y ha ilustrado varios libros.

Adriana W. Serrano Rivera studied in public school, graduating in 2017 from the Specialized School of Arts Pablo Casals, located in the municipality of Bayamon. Her focus was in Visual Arts, managing to achieve an Honor Roll. She is passionate about history, culture, and the arts. She is a graphic artist, having already illustrated several books.

Made in the USA
Columbia, SC
08 October 2024

43777841R00018